KB061579

강구 가다

홍림의 마음

넓고 붉은 숲이라는 중의적 의미를 담고 있는 <홍림>은, 세상을 향해 그리스도인들이 추구해야할 사유와 그리스도교적 행동양식의 바람직한 길을 모색하고자 노력하고 있습니다. 폭넓은 독자층을 향해 열린 시각으로 이 시대 그리스도인의 역할 고민을 감당하며, 하늘의 소망을 품고 사는 은혜 받은 '붉은 무리'紅林:홍림로서의 숲을 조성하는데 <홍림>이 독자 여러분과 함께하고자 합니다.

홍림시선002

강구 가다

지은이 임종구

1판 1쇄 인쇄   2019년 11월 26일
1판 1쇄 발행   2019년 12월 04일

펴낸곳 홍 림
펴낸이 김은주
등록   제 312-2007-000044호17
주소   서울시 서대문구 거북골로14길 60
전자우편 hongrimpub@gmail.com

값은 표지에 있습니다.
ISBN 978-89-6934-022-1 (03810)

이 도서의 국립중앙도서관 출판예정도서목록(CIP)은 서지정보유통지원시스템 홈페이지(http://seoji.nl.go.kr)와 국가자료종합목록 구축시스템(http://kolis-net.nl.go.kr)에서 이용하실 수 있습니다.(CIP제어번호:CIP2019045592)

홍림시선 002

강구 가다

임종구　시집

홍림

헌 사

나의 연인이요, 동반자인
아내 이기열에게 이 시집을 헌정합니다.

| 차 | 례 |

1부_주님과 차 한 잔을 나누며

2부_나리분지에 갇히고 싶다

3부_그렇게 봄이 왔다

4부_디도식당

1부

주님과 차 한 잔을 나누며

언덕을 넘고 재를 돌면 집이 보인다

언덕을 넘고 재를 돌면 집이 보인다
진금화봉이로다

여기가 강진이냐
여기가 강화더냐

산세가 수려하고 강은 둘렀도다
고갯길이 험준한데 안개가 발 아래라

저 산은 헤브론
저 들은 샤론평야

어화 벗님네야
재 돌거든 소리치소

나랏님 평안하고
들판은 황금일세

저 강은 요단강
저 꽃은 백합화

언덕을 넘고 재를 돌면 님이 보인다
봉화진금이로다

끝나지 않은 길 위의 방황

낙엽이 바람에
이리 날리고 저리 날린다
해도 저문데
거리의 낙엽들은 아직 갈 길을 못 정했나 보다

끝나지 않은 길 위의 방황

어둑 어둑 저녁은 오는데
바람은 지금도 낙엽들을 몰고 다니고 있다

콜로라도에 달이 밝다

나는 왜 이 먼 곳에서
그대를 그리워하는가?

콜로라도에 달이 밝다

그리움은 절대적 저장 매체
와이파이가 끊어져도
떠오르는 그대 얼굴
전원 없이도 얼굴 한 쪽이 붉어져오는
회복 불능의 선천성 오타모반

나는 왜 이 먼곳에서
쉬 잠들지 못하나

콜로라도에 달이 밝다

네, 그러겠습니다

요즘, 母親과의 통화가 잦다
이런 말씀 저런 말씀을 하신다
외로우신 것이다

外叔의 병환에 대한 이야기를 하시면서 울먹이신다
당신의 동생에 대한 절절한 마음이 오죽하시겠는가
자네가 한번 병문안을 하라고 당부하신다

그리고
이내 이 유약한 막내를 걱정하신다
자네는 마음을 태평양같이 품으시게 하신다

네, 어머니, 그러겠습니다
밥도 많이 드시게 하신다
네, 어머니, 그러겠습니다

나는 오십에 들어서서

1

나는 오십에 들어서서 비로소 소소한 삶을 알게 되었다. 한 때 지금의 삶으로부터 사하라사막이나 산토리니로, 산티아고로, 혹은 남극의 파타고니아로 떠나고 싶었고 또 떠나도 보았지만 이내 변변치 않은 이곳으로 돌아오고 싶었다.

2

나는 오십에 들어서서 비로소 적당히 비겁하게 살아왔음을 알게 되었다. 문학과, 정의와 사랑을 논하며 아프리카와 히말리야의 깊은 산속에 사는 타루족 아이들에 대해서 말하고 세상이 깨끗한 물이 없다고 말하며 우물을 파고 네팔아이들에게 음악을 가르쳐야 한다고 말했지만 그것은 노래였고, 드라마였다. 나는 단지 아무것도 한 것이 없다.

3

나는 오십에 들어서서 비로소 내 친구들이 소심하고
수줍다는 것을 알게 되었다. 키가 큰 아이도 실상 그
렇게 큰 것은 아니었고 또 머리카락이 빠져나가…는
것이 그렇게 슬픈 일만은 아니라는 것도 알게 되었다.
나는 친구라든가 우정이라든가 이런 것이 반세기 전,
그러니까 1970년대까지는 지구에 존재했다는 것도
알게 되었고 지금도 여전히 젊은이들은 노래를 부르
고 편지도 쓴다는 것을 알게 되었다.

4

나는 오십에 들어서서 비로소 막내에게 천천히 걸어
라고 말하게 되었다. 오늘은 좀 일찍 자렴, 너 그런 것
은 지금 걱정하지 않아도 괜찮아 이렇게 말하게 되었
다. 애야 아빠도 그랬어, 너는 아빠보다 훨씬 잘하고
있어 이렇게 말하게 되었다.

5

나는 오십에 들어서서 비로소 아내가 아름답다는 것
을 알게 되었다. 또 젊어서 취한 아내를 즐거워하라는
전도자의 조언도 알게 되었다. 아내는 여전히 아름답
다. 그녀가 없는 삶이란 없으며 신이 내게 주신 복이

라는 것도 알게 되었다. 어느새 나는 그녀를 쫄쫄 따라다니게 되었고 이제 그럴 형편이 된다면 언젠가 그녀에게 반지를 사주고 싶다.

주님과 차 한 잔을 나누며1

주님!
느릿하게 토요일의 오후가 가고 있습니다
목양실에서
주보를 출력해 놓고서
이렇게 주님과 차 한 잔을 대합니다
사람들이 다 빠져나간 아파트 주차장에
벌써 생명이 다한 낙엽들이 바람 따라 날리고
사람이란 결국 축제에 쉽게 잔을 드는 법
바위에 뿌리를 내린 해송은 오늘도 매운 소금바람에
눈물을 흘리겠지……

내 영혼
가벼운 무게로 이 세상과 작별할 그 날을
내 주는 아시건대
내 생의 연한을
갈보리에서 죽은 나사렛의 그 젊은이를 향한
숭고한 사랑으로 채우리라 다짐해 봅니다

새삼스럽지만
일상에서 찾아낸 이 작은 행복의 코드를
놓치고 싶지 않습니다

주님
이 가을
내 생의 고랑에 물을 대어
나의 삶을 윤택하게 하고 싶습니다
내 생의 언저리에 소국들이 피어나게 하고 싶습니다
내 생의 언덕 위로 갈대들이 맵시나게 흐적이고
시인의 노래같은 바람이 지나게 하고 싶습니다

편서풍을 따라 깊어가는 백두대간의 가을단풍처럼
마흔을 목전에 둔 나의 젊음에
성숙으로 채색되는 은총을 내려주십시오
주님 내일 뵙겠습니다

주님과 차 한 잔을 나누며2

간밤에 자목련의 영화가 끝나다
그리하여 다시 신새벽
땅은 또 다른 꽃의 영화를 준비하다
이슬 내린 대지 위로 용맹히 드러낼 생명들의 무한질주

힘든 호흡의 끝에 한 올식 뽑혀 나오는 가녀린 기도 소리와
신영옥의 노래가 예배당 의자 사이로 흐릅니다
주님 오늘 새벽은 목양실에서 주님과 차 한 잔을 나눕니다

주님
오늘도 간밤에 내린 헐몬의 이슬로
당신의 산지가 촉촉히 젖었나이다
이슬과 강수로 내 생애의 고랑을 복되게 하셨습니다
가난한 산지의 저에게
과분한 사명과 영광을 길을 주셨나이다

나의 호흡

나의 힘
나의 길

유대산지에서 붉게 꽃 피우리이다
쉐펠라의 하늘 위로 높이 비상하리이다
숭고이 피고
용맹히 날아
당신의 이름을 높이리이다

주님과 차 한 잔을 나누며3

주님!
밤 11시 30분입니다
막 금요기도회를 끝내고 이렇게 고향을 향하여 차를 몰다
이곳 휴게소에서 차 한 잔을 주님과 나눕니다

그런데 주님 이게 왠 일입니까?
지금 이 소리 들리시죠
시끌벅적한 이박사뽕짝메들리가 흘러 나와야 할
이 휴게소가 왠 일입니까?
경음악 찬송가가 은은하게
이 곳 평사휴게소 전체에 퍼지고 있습니다
긴 운행에 지친 이들이 저마다 자판기 커피를 뽑아 들고
아는지 모르는지
너무도 익숙하고도 자연스럽게 찬양을 듣고 있습니다

주님!
저도 홍익회 300원짜리 밀크 커피를 뽑아 들고
시치미를 뚝떼고 앉았습니다

사실 저는 이 휴게소 잘 들르지 않았거든요
그런데
왠지
이 휴게소에 흘러 넘치는 이 찬양은
제게 너무나도 위로와 평안을 주네요
마치 저를 위해서
이 시간에
누군가가
이 찬양을 용기 있게 틀었다고 생각하니
감동이 넘칩니다
그 또한 오늘 이곳에 휴게소에서 야근을 하며 피곤할 텐데
지금 찬양을 틀어 놓고
열심히 어디에선가 일하고 있을 그를 생각하니
세상에는 참으로 멋있는 크리스천들도 많구나 하고
생각됩니다

그리고
이곳에 주님이 함께 계심을 느끼게 됩니다
그리고 다시 이곳에 올 때도
오늘의 감동을 잊지 못할 것입니다
주님 사랑합니다

내 옷을 다 팔아

내 옷을 다 팔아 땅 한 평을 살 수 있다면 좋겠습니다
이 젊은 놈의 열정도 돈으로 쳐준다면
오늘 조금의 주저도 없이 드리리이다
내 서재의 책들이 벽돌로 바뀐다면
당신의 몸을 쌓는 일에 바치리이다

고통스럽게 물들어가는 저녁
홀로 힘겹게 강을 건너가는 새와
맥 없이 휩쓸려가는 낙엽들

오늘은
오늘은 이 작은 가슴이 터져버려서
나의 기도는 파열음이 되고…
이 목숨
이 목숨
이 작은 몸은
당신의 제단에 퍼득이는 관제의 제물이 되고…

오늘 저녁제단에

부디

이 작은 소년을 가납하소서

주님 오늘도 플랫폼에 섰습니다

주님 오늘도 플랫폼에 섰습니다
아쉬움, 안타까움
그런 감정들과 함께 한 해가 저물어 가고 있습니다
저도 많은 여행자들의 틈에 끼어
곧 도착할 기차를 기다립니다

주님!
인생은 어떤 여행과도 같아 보입니다
항상 서둘러야 하고
짐을 챙겨야 하고
인사의 말을 남겨야 하고
또 그렇게 서서 다음 기차를 기다려야 하는 것
기차역 구석에서 쓴 커피를 뽑아 들고서
여행자의 고단함을 달래어 보는 것

주님
모든 이들이 한 곳을 바라보고 있습니다

이제 기차가 곧 도착하려나 봅니다
세상의 모든 항구에서 그렇게 배들이 출항하고
세상의 모든 역에서 새로운 여행의 출발이
허락되어진 것처럼
오늘 저도 이 역의 6번 라인에서 12번 기차로
새롭게 출발하겠습니다
용기를 내어 힘차게 기차에 오릅니다

주님
다음 정차역에서 뵙겠습니다

2
부

나리분지에 갇히고 싶다

바람 부는 날 강창교를 건넌다

바람 부는 날 강창교를 건넌다
오늘 이 세상 아버지들이 걸어갔을 길을 따라
강을 건넌다

궁산서벽 아래 오리 떼가 보인다
유난을 떠는
저 오리

부지런히 강에 목을 처박고 연신 물질을 하는
저 늙은 오리
저놈도 아빈가보다

차들이 쌩쌩 지나간다
유난히 화물차들이 많아 보인다
전화가 온다

제일부동산인데요

여보세요 여보세요
차소리에 잘 들리지 않는다

바람 부는 날 금호강을 건넌다
이 세상 아버지들의 얼굴을 때리고 지나갔을
섣달 피죽바람 맞으며

첫눈이 내린 날 서럽다

첫눈이
내린날
서럽다

놀림을
당하고
서럽다

무너진
마음에
서럽다

그날 눈이 내렸다

그날 눈이 내렸다
아침 일찍
눈이 내렸다

그날 눈이 내렸다
십이 월 이십일 일
눈이 내렸다

그를 떠나보내고 이 년이 흘렀다
어떻게 살아왔는지
방향 없이 휘갈기는 눈발처럼
인생도 내일도 기약이 없었다

그날 눈이 내렸다
궁산으로
금호강 강창교로
이락서당 위로

눈이 내렸다

그도 하늘에서 보았으리라
그분의 집이
오층짜리 그분의 뽀쪽예배당이 올라가는 것을
매일매일 하늘 아래로 보았으리라

눈이 내리는데
나 혼자서 그 눈을 맞아 본다
함께 맞았으면 더 좋았을 그 눈을

그도 눈을 맞았으리라
눈을 맞으며 나와 보았으리라
가슴이 터져 멎어버릴 것 같은 첫 주일
성전 계단을 오르며 그도 눈을 맞았으리라

그날 눈이 내렸다
기드온의 양털보다
더 햐얀 눈이 내렸다

그날 눈이 내렸다

아침 일찍
눈이 내렸다

錦江

겨울다운 추위다
쌩 하고 찬바람이 화들짝 정신을 차리게 한다
이 매섭고 날카로운 바람이
호흡기를 타고 폐부로 날아든다
눈도 시리다
얼굴도 얼얼,
마침내 왔구나!
겨울…

차가운 그대,
얼음장처럼 냉철하지만 칼국수처럼 따스한 그대,
겨울,
굴을 파고 들어가 동면할 것인가
얼어붙은 대지로 달려갈 것인가
겨울…
왔구나 마침내!

하프코트

아내가 자주 말했나 보다
네 형부는 결혼 14년에 코트 하나 없다
인생이 심각한 처제 귀에도 들렸나 보다

블루롱코트를 보이며 입어 보라고 성화다
처제가 알아서 사 주더라고 주석을 단다
기침은 이제 걱정도 없단다

입어 보니 가관이다
짧은 키를 강조해 주는 처제가 사준 블루롱코트
아내는 내가 아직도 키가 큰 줄 안다

아내와 다시 양복집엘 갔다
이번엔 잘 고르자
이번엔 블랙하프코트다

블랙하프코트

결혼 14년만에 코트를 입고 교회를 갔다
처제를 제외하고는
아무도 새 코트가 눈에 안 들어오나 보다

눈이 오려나보다

눈이 오면 좋겠다
눈이 세상을 덮어
잠시라도 깨끗해질 수 있다면

아예 폭설이 내리면 좋겠다
그래서 이 옥천 추소리에 한 달 쯤 갇히고 싶다
마을버스도 끊기고
와이파이도 끊기고

저 늙은 개와
달과 별
바람
그리고 그리움

그렇게
이름도 잊혀질 때
그 봄날 즈음에
이 산을 나서고 싶다

자작나무 숲에서 살고 싶다1

자작나무 숲에서 살고 싶다
비밀이 많은 인생
흰눈에
백야에
흰색 수피에
은닉이란 없다
도피처도 없다

벗기운 채로 꿈꾸는 끝없는 탈옥
차가운 창문
쫓아오는 발자욱
유리 지바고와 라라가 되어
자작나무 숲에 살고 싶다

자작나무 숲에서 살고 싶다2

죽어서 껍질을 남긴다는
자작나무 숲에서 살고 싶다
말없이 조용히 죽어가면서도
옆에 선 나무조차도 죽음을 알아차릴 수 없는
단아했던 삶,
슬픔마저도 절제된 죽음,
부음마저도 비밀에 부쳐진 이별,

어느 날엔가 콜로라도에 폭설이 내려
카운티가 며칠째 고립되었다고 기억되던 백야에
조용히 제 몸을 누임으로 비로소 이별을 알리던…
그 나무
자작나무
그 숲에서 살고 싶다

자작나무 숲에서 살고 싶다3

콜로라도에 백야가 찾아 올 때
자신이 살아왔던 그 자리에서
꼿꼿이 선 채
마지막 흰색 수피에 자신을 시신을 염하는 그 나무,
죽어가면서 더 아름다운 그 나무,
뿌리채 뽑혀 산 육신이 불태워질 때
구슬피 울며 제 이름을 부르다 죽어간다는 그 나무,

평생을 살며 제 몸을 두를 수의를 준비하는 그 나무,
그 나무
자작나무
그 숲에서 살고 싶다

안해를 본다

안해는 몇 번이고 내 손을 잡았다 놓았다 한다
저가 한의사도 아니면서
맥을 잡으려는 듯 그렇게
내 손을 잡았다 놓았다 한다

안해는 한잠도 못 잤으리라
물수건으로 내 몸을 연신 닦으면서
며칠은 쉬어야겠네요
설교는 신 목사님께 부탁해야겠네요 한다

새벽에 깨어 보니 두 시
안해는 곤하게 잠들어 버렸다
나를 간호하다 잠든 것이다
내복을 입고 잠든 안해가 너무도 아름답다

세상에 이렇게 아름다운 여자가 있을 것인가
한 벌뿐인 안해의 내복

몇 년째 내복을 하나 더 사야겠다고 말해 왔는데
올 겨울도 결국 이 내복으로 나게 생겼다

내복을 세 벌이나 가진 남편이
한 벌뿐인 내복을 입고 잠든 아름다운 안해를 본다
온가족과 봄소풍 가는 꿈을 꾸고 있을 안해를 본다
물끄러미 부끄러이 본다

山도 잊혀져간다

山도 잊혀져간다
그가 마지막으로 올랐을 카덴자에서
오십년 육 개월을 울리던 그의 심장이
가장 힘 있게 뛰었을 그 山에서
안타까웠던 그해 겨울도
그가 사랑했던 그 山도
이젠 잊혀져간다

누구나 다 떠날 것이다
모두가 다 잊혀질 것이다
이 늦은 겨울이 봄꽃들로 뒤덮일 때
사랑도 눈물도 잊혀질 게다

나리분지에 갇히고 싶다

눈이 오려나
눈이 좀 오면 좋겠다
나리분지에 갇혀
야! 세상에 이러면서
눈이 오 미터나 쌓였다고 너스레를 떨면서…
내년 오월에나 눈이 녹을래나 하면서
그렇게 고립되고 싶다

눈이 오면
눈이 와도 너무와서
치밭목산장에서
오도가도 못하면서
가져간 책을 두 번이나 읽고서
내가 산에만 오면 이런다고 하면서
그렇게 고립되고 싶다

눈이 오면

폭설이 오면
진달래밭대피소에서
지금 이게 뭐냐 하면서
한라산 노루와 함께 있다고 하면서
비행기 예약도 취소해야 할런가 하면서
그렇게 갇히고 싶다

산자락 아래 수양관

한 삼 일 자고나니 흰봉투 하나가 보였다
산자락 아래 수양관
낡은 나무책상에 앉아 본다
깨알같은 소망들이 흰봉투에서 쏟아진다
소망들도 삼 일은 푹 잤으리라

요나를 뱉어낸 큰물고기처럼
역시 삼 일이 중요하구나
삼 일간 잠만 잔
게으른 선지자를 뱉어내고선
산자락 아래 수양관 아래로 동지월 어둠이 덮인다

밤이 깊은데
꺼지지 않은 기도실
밤새 소망을 심는다
산자락 아래 수양관
흰봉투에서 깨알같은 씨앗들이 뿌려진다

셋째가 전화를 걸어왔다
아빠 언제 내려와 묻는다
삼 일은 지나야 내려 간단다
산자락 아래 수양관
늦은 선지자 또 흰봉투 들고 나간다

주님이라면 그렇게 버렸겠냐

너를 버려두고 혼자 집에 오니 마음이 허전하다
9502 너를 김천군 구성면 어디쯤인가에 버려두고
혼자서 살아보겠다고 마을버스를 잡아타고
김천시외버스터미널로 갔다
그런데 대구행 시외버스는 폭설로 운행을 안 하고
결국 기차 타고 집으로 돌아왔다

폭설에
추위에
낯선 시골에서
혼자 떨고 있을 너를 생각하니 마음이 좀 좋지 못하다

난 지금껏 딱 두 번 차를 두고 혼자서 돌아왔다
교회 개척하고 첫 번째 승합차 2909
연식이 거의 15년쯤 되어
폐차하려고 세워둔 차를 얻어 왔다
내가 냉각수를 제때 갈아주지 못해서 끝나고 말았다

차에 연기가 나고 경고음이 울리고 야단이 아니었다
차를 폐차하고
평택에서 무궁화 입석을 타고 돌아온 기억이 난다

그리고 9502 오늘 내가 너를 버려두고 나만 살자고
혼자서 왔구나!
주님이라면 그렇게 버렸겠냐
주인을 잘못 만나서…
내일 찾으러 가야겠다

Mr , Kim의 말처럼

레이더스 상단에 섰을 때
내가 본 것은 절벽이었다
그리고 발 아래의 모든 상황은 절망이었다

Mr, Kim의 말처럼

모두가 제정신이 아닌 것 같다고…
에일듯한 영하 17도의 강풍이 두 눈을 휘벼 파내고
문명인의 볼을 때리고 지나간다
향적봉의 터줏대감처럼 서 있는 고사목 어깻죽지에
겨울이끼가 무성히 생장하고
문득
살아있음과
살아가야함에 대한 잠언이
도회를 피해 도망온 한 문명인의 정서에 머물다 떠난다

하루종일 얼음을 지치던 소년

긴 겨울밤 소나무 숲을 스치던
동지월의 바람소리를 들으며
키가 자란 그 소년
아직 그 짧은 겨울해도 다 지지 않았는데
구룡포횟집에서
두꺼운 액셀책보다
틈틈히 실무로 익힌 액셀 실력이 더 낫다고…
액셀하는 것 보고서 조카들도 놀라더라고…
액셀만 하면 웬만한 업무에는 지장이 없다고…
그러고서는 허리춤에서 지갑을 꺼내 고깃값을 계산하는
머리숱이 허술해보이는 저 사내의 고독한 카드계산
그리고 계산을 면한 두 사내의 입에서 흘러나오는
도시의 비정한 냉소

Mr, Kim의 말처럼

모두가 제정신이 아닌 것 같다고…
설 명절도 지났는데
구룡포횟집 앞에는 차댈 곳이 없다
그리고 이 비정한 도회에서 문명인의 기댈 곳도 없다

해가 지면서

해가 지면서
산하는 한 폭의 수묵화가 되었다
성채는 어둠에 잠기고
카르투지오
은수자
Great Silence…

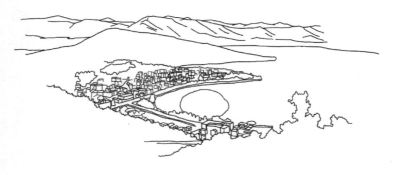

裸木

裸木은
봄을 위해 결핍을 택한다
곡기를 끊고 잎새를 버린다
비틀리고 깡마르고 처참하게 벗기운다

새들도 떠나고
바람마저 머물지 않는다…
햇살마저 빗겨지나고
눈발이 모질게 때린다

봄은
그렇게 온다
裸木의 봄은
마침내 그렇게 온다

겨울이 지나면 온천이나 가야겠다

애들이
창가에
옹기종기
모여있다

햇살이
따스해…
볕을 쬐며
기대 있다

가친을 뵙고 돌아온 다음 날 쓰러지셨다는 소식을 듣
다. 유독 침상에서 내려오지 않으시고 생신상도 다 못
드셨다. 설날에 뵙자고 돌아섰는데 다음 날 응급실로
가셨다.

겨울이
지나면

온천이나
가야겠다

아버지
어머니
살아실제
가야겠다

오늘 일본 출국을 앞두고 설에는 건강하게 만나자고
약속하고 이제 우리가 살아있는 동안에 해야할 일들
에 대해 생각한다. 자네 고맙네 하시는데 아버지 제가
고맙지요 했다.

3
부

그렇게 봄이 왔다

오셨습니다

오셨습니다
동쪽창으로부터

서서히
끊겼다가 이어졌다 하면서
마침내 예배당 가장 구석진 곳까지
빛의 파장이 폴리에스테르의 남방을 온기로 감쌉니다
아직 깨지 않은 목청을 흔들면서
내 영혼 깊은 곳의 울림이 쏟아져
빛과 섞이고
어둠을 털어내고
그리고
수분 70퍼센트라는 이 물같은 육신속으로 들어옵니다

빛으로
오시는 이여
아직 사악한 자본주의의 본능이 미쳐 깨지 못했을 때

이 소년의 기도를 받아 가소서
그리고
어젯밤 수없이 생각해낸 모의가 실행에 옮겨지지 않은
이 시간
빛으로 오시는 이여
이 소년의 영혼을 당신의 빛으로 덮으소서

그리하여
당신이
어둠을 사르는 불같은 장작이 필요하실 때
이 소년을 당신의 아궁이에 던지소서
당신의
생각을 담을 그릇이 필요하실 때
이 소년의 질그릇을 사용하소서

오늘도
오셨습니다
소리 없이
창을 열지도 않으시고
동쪽창으로부터

꽃들이 시련을 맞고 있다

꽃들이, 봄꽃들이
시련을 맞고 있다
두견화, 백두옹이 시련을 맞고 있다
아직 잔설이 저리도 남았는데
오늘은 하루종일 진눈깨비가 날린다

중부지방에, 경북산간에
폭설주의봅니다
일단 봄은 접어둡시다
입춘대설,
오늘 단단히들 입고 출근하셔야겠습니다

그렇게 힘겹게 피어난다
세상의 꽃들이
누가 연약하다고 했나
마침내 꽃들은 땅을 뚫고 올라왔다
봄의 점령군이닷

일어날 힘이 없는 날에는

일어날 힘이 없는 날에는
그저 이불을 덮어쓰고 잔다

대로로 전차를 몰고 나가리라

대로로
전차를 몰고 나가리라
나팔은 울려라
엄호속에서 우리의 주력부대가 나아간다
어둠속에서 명령의 암호가 해독되어지고
정교한 작전은 심야에도 이어졌다
이제 공격을 위한 모든 준비가 끝이 났다

나의 대전차부대가 시대를 관통하여 통과할 때
이 모든 도시는 점령될 것이다
내일 아침 모든 시민은 새로운 아침을 맞게 될 것이다
과거는 종결될 것이다
시민들은 거리로 뛰쳐나와
새로운 지배자의 나라를 노래하리라
눈에 보이는 모든 적군은 섬멸될 것이다
적의 진지에는 자랑스런 우리 군대의 깃발이 흩날리리라
아이들이 오랜 전흔의 고통을 잊고

해방의 노래를 부르리라

함락되지 않았던 교만한 성읍이 있었다
우리 군대의 강력한 편대가
그 성읍의 꼭대기에 검은 연기를 피웠다
최고의 지상군이 교만한 성읍의 망루를 뚫을 때
무능한 그 성읍의 우상은 무너졌다

최고사령관의 입성을 기다리며…

그렇게 갈비살을 뜯고서

그렇게 갈비살을 뜯고서 고깃집을 나왔습니다
충혼탑 아랫길로 달렸습니다
라디오에서 서문탁의 노래가 흘러나왔습니다

예수를 위해 모인 자리에서
갈비살을 뜯고서
내일 아침 또 그렇게
고난주간에 또 그렇게
요한복음을 또 그렇게
외쳐야만 합니다

주님
그것이 오늘 저의 삶입니다
금육하지 못하고 살이 찢긴 그리스도를 강론했습니다
금식하지 못하고 모든 것을 버리신 당신을
본 받으라고 말했습니다

마지막으로 기도를 마친 성도가 계단을 내려가고
여명이 창가로 비쳐올 때에
예배당에 다시 들어갑니다
신영옥이 혼자서
내일 일은 난 몰라요를 부르고 있습니다
예배당에 불을 끄고
신영옥도 쉬게 하고

목양실 의자에 기대어
주님과 차 한 잔을 마십니다

음~봄이 온다는 건

음~
봄이 온다는 건
희망이 있다는 거다

또~
꽃들이 핀다는 건
아직 이 땅이 살 만하다는 거다…

세 번의 계절을 넘어서 온 봄날이다
춘삼월의 옷을 입고 온 봄날이다
춘설마저 다정한 봄날이다

이 지칠줄 모르는 생명의 봄날
반백 년의 봄날
올해도 설레인다

그렇게 봄이 왔다

그렇게
봄이 왔다
보고 싶었노라며

그렇게
봄이 왔다
벌써 집앞이라며…

창을 두드리며
이제 왔다고
꽃 한송이 들고 왔다고

지난 날은
아팠고
서러웠단다

주섬 주섬 봄옷을 입고

창을 연다
사연 많은 봄비다

긴 잠에서 깨어난듯
어지럽다
아내와 강변을 걸어야겠다

봄의 잠언

비가 내린다
꽃들이 말없이 비를 맞고 있다
경로를 벗어나 접어든 강변에서
봄의 잠언을 듣는다

이제 강들도 순해졌다
얼었던 마음을 열고
물길을 순행해 흐른다
저도 빗소리를 듣는 양 고요하다

얼마나 흘렀을까
내 마음도 강물이 되었나보다
일상으로부터의 잠행,
부표를 잃어버렸다

비는 계속 내리고
그리운 얼굴들이 떠오른다

되돌아가는 길
발걸음에 힘이 실린다

면은 넉넉히 넣었슈

혼자 청요리를 배달하면
거의 국빈원 야끼우동이다
한 번도 방문한 적 없지만
시켜 먹은 야끼우동이 수미산을 이룬다

오늘도 야끼우동 한 그릇을 시켰다
3,40분 후 배달아저씨가 철가방을 가지고 나타나신다
그리고 면은 넉넉히 넣었슈 하신다
순간 이 적막한 도회에 흐르는 휴머니즘

면은 넉넉히 넣었슈
참 찰지고 아름다운 언어다
나도 저렇게 살아야할 텐데
오늘은 설교 짧게 끝냈슈로 간다

강창교 십차선 건널목에

덕수궁 돌담길에만 남아있다던 그 전설의 찔렛꽃연가
강창교 십차선 건널목에 눈발이 흩날리고
금요일 밤 열한 시 오 분
키 큰 지미가 총총걸음으로 건널 때 현정이가 소리치고
눈 큰 광일이도 뛰어간다

모든 것이 세월을 따라 변해가지만
정겨운 강창교 십차선 건널목 친구들
금요일 밤 열한 시 오 분
가슴에 신호등보다 더 붉게 타오르던 불(fire) 안고
건너간다

오월의 꽃향기가 흩날리던 호산팍(park)과
궁산의 진달래
그리고 눈덮힌 조그만 예배당
잊지마라
우리는 그 시절을
화전민으로 살아왔다

海棠花

사람마다 저마다의 꽃이 있다면
나에게는 해당화가 아닐까 한다
고향엔 지천으로 해당화가 피었다

오월 모를 찔 때에도
유월의 냇가에도
해당화는 수없이 폈다 졌다

어느 여름날 도심 귀퉁이를 돌다가
해당화를 봤다
왈칵 눈물이 쏟아졌다

이토록 멀리까지 찾아왔구나
한하운의 R처럼
해당화는 어머니의 월남치마를 닮았다

4
부

디도식당

강구 가다1

아내의 제안에 따라 해안길로 접어들었다
푸른 바다
이정표에 이렇게 적힌 길목으로 차를 몰았다
20년 가까이 다녔지만 그냥 이정표만 보고서 지났다

좁다란 길
다닥다닥 붙은 천수답들이 길을 감고
차도 식구들도 길과 함께 감겼다가는 풀린다
어지럽다

앙상한 동해
아낙들은 철지난 미역을 딴다
동네사람이라고 철지난 걸 못 팔겠단다
딴 동네사람들은 철지난 미역국을 먹겠구나

높다란 전망대
높은 곳에서 내려다보는 동해가 저만치 멀어져 있다

도회지사람들이 차를 세워다 놓고는
바다의 평수를 재고 있다

해맞이 공원이라고 꾸며 놓았다
해는 해맞이 명소에서만 뜨지 않으리라
반도의 산하
그 모두가 뜨거운 해를 온 몸으로 받아내는
열망의 땅이 아니드냐

꾸덕지를 씹으며
강구 간다

강구 가다2

강구 어촌공판장에 야단났다
어촌계가 열었다는 풍어기원굿판에는
도회사람들이 더 많다
길게 늘어선 가판 골목에
바다의 영웅들이 고무대야에 담겨있고
사람들은 차키를 흔들면서 지나간다

어지러운 행렬
어지러운 외침
어지러운 생과 사

이내 예리한 아지매의 단칼에 비늘이 벗겨지고
동해바다 천년왕국의 꿈도 생선머리, 꼬리 따로 담겨지고
생선회밥에 매운탕을 시부께 올리려는 아낙의 머릿속에서
어지러이 그 꿈을 접는다

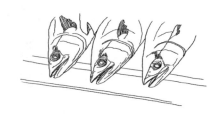

그 많던 감정들은 다 어디로 갔을까?

그 많던 감정들은 다 어디로 갔을까?
가난했지만 눈물이 많았던 시절
신작로가 나기 전,
온통 세상은 흑백이었지만 따뜻했던 시절

그 많던 누님들은 어디로 갔을까?
그 많던 형아들은 어디로 갔을까?
투박했고, 따뜻했던 사람들은
지금 어디에 있을까?

아스팔트 위를 달리면서
비는 내리는데
이방의 나라에 온 것처럼 낯설다
마음이 길을 잃다

신림집 가지 마라

목사가 기도원에서
기도한다고
고생한다고
한걸음에 달려왔단다

오랜만에 모였으니
맛있는 것 먹어보자고
고기라고 구워먹자고
신림집에 들어갔다

젊은 아주머니
좋은 고기 없으면
아예 팔지도 않는다고
원주식 주물럭 사인분을 시켰다

목사가 되어
고기를 얻어 먹기만 하고

계산은 안 해봤으니
메뉴판 가격을 꼼꼼히 보질 못했다

사인분에 십이 만원
그 동안 얻어 먹은 고깃값 한 번에 다 냈다
신림집 가지 마라
신림집 비싸다

우리가

우리가 자식들 앞에서
쩔쩔매는 것은 어른이 되었기 때문이다
또
밤이 찾아올 때
두려운 것은 돌아갈 날이 가까웠기 때문이다

아침부터 새들이 시끄럽다
해는 벌써 머리를 내리쪼이고
또
바람이 와 얼굴을 때린다
신호등에 봉쇄되어 길에 갇혀 버렸다

우리가 정의에
목말라 하는 것은 불의의 시대를 지나는 까닭이요
또
우리가 이토록
사나운 것은 따수운 정이 그립기 때문이다

환경미화원이 쓰레기를 싣고 간다
도로는 아무 일 없는 듯 말쑥해지고
또
강창교 밑으로 강물은 흐르고
교복을 차려입은 학생들이 버스를 타고있다

그는 말없이 불을 피우고 있었다

머리 벗겨진 총각 김 집사가
초망을 치는 동안
그는 말없이 불을 피우고 있었다

비가 몹시도 내리던
안계 쌍계교 다리 밑
팔월에

어탕칼국수에 삼겹살 구워먹고
모닥불을 피워 젖은 양말을 말리는 동안에도
그는 말없이 불을 피우고 있었다

날이 이미 저물던
어느 고향에나 있을 법한 다리 밑
저녁에

그는 말없이 불을 피우고 있다

내 마음속에서
지금도

디도식당

눈물이 맺혀
촛점을 잃은
손짓을 뒤로 하고
장례식장 계단을 내려왔다

허기가 몰려온다
사거리를 둘러보는데
식당 간판에 불이 들어온다

디도식당
참 이름도 좋다
주인이 디도를 좋아하나보다

뚝벅뚝벅
슬픔을 떨어내며
식당문을 열려고 하는데

대도식당이다

아버지에게서 전화가 왔다

알아들을 수 없는 말씀을 하신다
막내아들과 알아들을 수 없는 아버지의 통화
무슨 고맙다는 말씀을 하시다가는
이내 내 마음을 너는 아느냐고 하신다

서울 사는 첫째는 좋은 옷을 사주었고
광양 사는 둘째는 약을 지어주었고
구로 사는 봉수는 맛난 것을 사주었고
분당 사는 봉숙이는 돈을 보내왔다

아버지는 무슨 곗돈 회계장부를 읽듯이
누가 무엇을 해주었다고 계속 말씀을 하신다
아버지가 직접 전화를 하신 것은 필경
무슨 일이 난 것이다
막내아들에게
너는 내 마음을 아느냐고 자꾸 물으시는 것은
일이 난 것이다

아버지에게서 전화가 왔다

통화가 길어지면서 머리는 더 복잡해진다
반은 알아듣고 반은 알아들을 수 없는
아버지의 통화

니 할매묘는 상밭골로 가면 된다
네 에미와 나는 그 밑에 쓰라
평밭논과 집은 종천이 것이다
구뻴밭은 네 형 것이다

아버지의 통화는 이제 유언장이 되었다
오늘 당장 세상을 정리하려는 듯
단호한 음성이 흐른다
아버지가 직접 전화를 하신 것은
필경 무슨 일이 난 것이다
막내아들에게 이렇게 전화하신 것은
무슨 일이 난 것이다

막내

아버지는
목사가 되는 것보다
믿음 좋은 사장님이 되었으면 좋겠다던 녀석
여행가방을 챙겨 창녕으로 캠프를 떠났다

캠프 가는 막내에게 오천원을 주었다
가방을 챙기면서 막내 슬리퍼에다 이름을 적어 주었다
캠프에서 신발을 잃어버릴까 걱정이 되었다
지금쯤 무얼 하고 있을까

여름밤
모처럼
달이 밝다

아버지는
목사가 되는 것을 싫어 하셨다
신학을 하겠다고 했을 때 말없이 우셨다

하계덕 막내는 객지에 나가 무엇을 하는지
새동막사람들은 알 길이 없었다

녀석의 침대에 누워본다
막내 냄새가 난다
여기 저기 널부러진 딱지가 하품을 한다
지금쯤 무얼하고 있을까

자네, 하시며

늦은 밤에 불쑥
자네 참 내 자네한테 할 말은 아니네만
하시며…
전화를 해주시던 때가 그립다
자네는 안 알겠는가
하시며
막내아들에게 전화 하시던 아버지가 그리운 밤이다

그래 자네 몸은 성한가
지금은 농사철이라 바쁘다네
하시며
자네가 부탁한 돈을 동봉하네
하시며
질소비료 타 가라는 농협안내장에
눌러 쓰신 아버지의 편지가 그리운 밤이다

이제 자네 집에 언제 다시 또 오겠는가

하시며
성주 하빈에 오릿집에서 참 달게 먹었네
하시며
머리가 허술해지는 아들을 한참 바라보시던
어버지의 뒷모습이 그리운 밤이다
참 잠이 오지 않는 밤이다

아름다웠던 미소, 친구여, 동지여 잘가!

네가 떠나던 새벽부터
모질게 비가 내렸다
사람들이 이런 비를 처음 본다며 혀를 찰 때
우린 갑작스런 부음에 말을 잃었다

나무로 된 계단을 오르내리면서
너는 어떤 생각을 했을까
삼 층 거실에서 외로웠던 너의 미소를 보며
우린 너의 마지막 소원을 들었지

울먹이는 사모의 눈물로
우린 삼절로 된 조가를 다 부르기에도 벅찼다
영정사진을 든 첫째의 어깨가 흔들릴 때
너는 이 세상에서의 마지막 차를 탔다

남부와 중부를 오르내리던 장맛비는
세상의 모든 강들을 황톳물로 가득 채웠지만

너를 보내던 날 우리들의 가슴과 눈가엔
눈물이 강을 내었다

우린 아직 산다는 것이 벅차기만 한데
우린 아직 목사라는 게 수줍기만 한데
너는 벌써 저만치 우릴 앞서서 간다

이제
잘가
잘가
친구여, 동지여,

남천을 지나
밀양으로
밀양을 지나
너와 우리의 고향으로

(고)신지향 목사의 발인에 부쳐
못난 친구 임종구 적다

후기

1.

저는 울진(蔚珍)에서 태어났습니다. 그곳의 흙, 공기,
물이 저의 뼈가 되고 살이 되었습니다. 그곳에서 소년
기를 보냈습니다. 금천국민학교와 온정중학을 나왔습
니다. 그곳에서 글자를 배우고, 음악과 미술을 배웠습
니다. 그곳의 바람 소리, 파도 소리, 눈과 꽃들과 벌레
소리가 저의 귀가 되고, 그곳의 산과 신작로, 들과 밭,
그리고 강과 언덕이 저의 눈이 되었습니다. 도시에서
산 날이 더 많지만 여전히 도회에 어울리지 않게 촌티
가 납니다.

2.

저는 대구(大邱)에서 살고 있습니다. 아내를 만나 결
혼하고 세 아이와 함께 살고 있습니다. 중학 시절 복
음을 처음 들었습니다. 그리고 고등학교 때 주님께 헌
신했고, 이십 여 년을 목회자로 살고 있는 동네 목사
입니다. 신혼방에서 첫 예배를 드리고 시작된 교회를

통해 수많은 사람들을 만났습니다. 이곳에서 동네 사람들과 함께 어울려 운동도 하고, 동네 사람들 이야기도 들어주고 기도하며 살아가는 동네 목사입니다.

3.
저의 첫 시집이 홍림(洪林)에서 나오게 되었습니다. 살면서, 목회하면서 써온 시들입니다. 이곳에 실린 오십 여 편의 시는 곧 저의 인생입니다. 부족한 시를 시집으로 꾸며 주신 분들에게 깊은 감사를 드립니다. 오늘 우리 시대에 아직도 시집이 나오고, 시집을 읽는 사람들이 있다는 것이 경이롭습니다. 시집에 나오는 시어들의 공간을 함께 해온 저의 동반자 李基烈에게 이 시집을 헌정합니다.

林鐘九